16 historias de Bellas Princesas

Textos de
Corinne Machon, Mireille Saver, Rosalys, Ella Coalman,
Lenia Major y Calouan

Ilustraciones de
Sandrine Lamour, Evelyne Duverne, Cathy Delanssay,
Jessica Secheret, Sel, Lucie Paul, Laure Gomez,
Alexandre Honoré y Marie-Pierre Emorine

pirueta

Título original: 16 histoires de belles Princesses
© Éditions HEMMA - Bélgica

Primera edición: Octubre 2011

© De la traducción: Susana Andrés
© De esta edición: Libros del Atril S.L.,
Av. Marquès de l'Argentera, 17, Pral.
08003 Barcelona

www.piruetaeditorial.com

Impreso por EGEDSA
Rois de Corella, 12-16, nave 1
08205 Sabadell (Barcelona)

ISBN: 978-84-15235-23-1
Depósito legal: B. 28.062-2011

La princesa embrujada

Corinne Machon - Sandrine Lamour

Érase una vez una princesa que se pasaba el día gritando, de la mañana a la noche.
Tenía por consejero a un mago muy anciano que no dejaba de pensar en artimañas para jubilarse de una vez. Pero he aquí que una noche...
—¡Me aburro! Aquí nunca pasa nada... ¡En el reino de mi primo Julien una devastadora epidemia de tragapastel ha provocado que la mitad de los habitantes ahora estén obesos! ¡Aquí no pasa nada! —berreó la princesa.

Con cautela, aterrorizado por los chillidos que resonaban por todo el castillo, apareció un mensajero.
—Una anciana os pide hospitalidad por esta noche —anunció temeroso.
—¿Es que cree que esto es un asilo? ¡Fuera! —gritó la princesa.

El mago frunció el entrecejo. ¿Una anciana? Algo no cuadraba.

Al día siguiente por la mañana, en cuanto se despertó, la princesa
se puso a gritar a su ayuda de cámara.
Y ahí mismo, de golpe, la sirvienta se convirtió en una cabra blanca.
La princesa dio un salto hacia atrás. ¿Qué diablos acababa de ocurrir?
Se puso las zapatillas y bajó por la gran escalinata.
Por el camino, se cruzó con un criado.
—Hay una cabra en mi habitación, ¡sacadla de ahí!
¡Inmediatamente!
Pero, de repente, el solícito muchacho se transformó
en un gran conejo negro.

La princesa, montando en cólera, se puso entonces a insultar a todos cuantos se cruzaban en su camino. Uno tras otro se transformaron en animales y el castillo no tardó en verse convertido en un inmenso corral.
Solo quedaba el viejo mago.
—¡Mirad lo que me está ocurriendo esta mañana! ¡Haced algo!
Sin embargo, a modo de respuesta, el mago quedó convertido en un perro grande y peludo. Era demasiado, pero como la princesa ya no tenía a nadie a quien gruñirle, rompió a llorar.

Un joven campesino que pasaba por ahí se sentó a su lado. Era muy guapo y ella se lo contó todo.
—Es la bruja del pantano, que os ha echado una maldición. Ha querido daros una pequeña lección porque no deja de oír vuestros continuos y fastidiosos gritos.
—¿Cómo que mis gritos son continuos... y fastidiosos? ¿Cómo que darme una lección? ¿Es que no sabe quién soy yo? ¿Desconocéis acaso también vos con quién estáis hablando?
Entonces el joven se transformó en un asno gris.
La princesa se quedó petrificada. Por primera vez en su vida lamentó haber sido mala.

El amable asno la condujo a los pantanos, donde la bruja pescaba tranquilamente.

—¡Mirad quién viene a visitarnos! —dijo la bruja en un tono burlón a una multitud
de ranas que saltaban a su alrededor—. ¿Por qué has venido, princesa?

—He venido a pedir disculpas.

—Mala, eso es lo que eres —contestó entonces la bruja con voz ronca—. No ves todo lo que los demás hacen por ti. Pensaba que tenías un poco de piedad en el fondo de tu corazón, pero ayer noche confirmé que no es así. Ahora solo tienes que elegir: o pides perdón o estarás siempre sola.

—Pido perdón —se apresuró a contestar la princesa.

—Pero ¡cuidado! —le advirtió la bruja—. Que sepas que si un día le levantas la voz a quienquiera que sea, la maldición seguirá vigente.

Entonces el asno se convirtió de nuevo en un apuesto
joven y el castillo recuperó a todo su personal.
Nunca más ha vuelto la princesa a gritar a nadie.
Sin embargo, pese a pedirle mil veces perdón al
mago, este sigue siendo un perro.

Corre por los campos, se revuelca
por los charcos y duerme
delante de la chimenea.
En cuanto tiene la oportunidad,
¡se abalanza sobre la princesa
ladrando como un loco!

Entre nosotros, ¿no creéis que
lo hace expresamente
ahora que ella no puede
regañarle?

No es el momento

Mireille Saver - Evelyne Duverne

No es el momento! —gritaba la princesa todo el día.
Vigilaba cada uno de los gestos y actos de su esposo. El pobre príncipe no podía hacer nada sin que su esposa no vociferara. Si una vez despierto le apetecía recorrer el castillo en zapatillas, la voz chillona de la princesa resonaba por todos los pasillos.
—¡No es el momento!
Entonces el príncipe se vestía corriendo y se metía en su despacho donde le esperaba un montón de correspondencia.

Al mediodía, si después de una buena comida el príncipe necesitaba echarse una siestecita a la sombra de un roble, de un susto lo despertaba el alarido de su esposa:

—¡No es el momento!

Entonces el príncipe regresaba con la cabeza gacha al palacio y se encerraba en su despacho donde el montón de cartas nunca disminuía.

Un día que la princesa no estaba,
el príncipe aprovechó para salir a cazar mariposas,
su pasatiempo favorito.
Había muchas mariposas y el príncipe, provisto de una red,
corría por doquier con la esperanza de atrapar alguna.
Una amarilla por ahí, otra azul por allá...
Qué bien se lo pasaba sin pensar en el montón de cartas
que bien podían esperar un rato en el despacho.
Pero de repente, la princesa, iracunda y con los brazos en jarras,
advirtió desgañitándose a sus espaldas:
—¡No es el momento!

Con un gesto enérgico, la princesa quiso apoderarse de la red.
El príncipe lo evitó, pero ella, a causa de su propio ímpetu,
aterrizó en el estanque de los patos.
—¡Sacadme de aquí! —ordenó la joven con la peluca torcida—.
¡Sacadme de aquí!
Entonces el príncipe le respondió sin inmutarse.
—¡No es el momento!
Y se marchó dejando a la enfurecida princesa en medio
del estanque, junto a las atónitas ranas.

Los enormes pies de la princesa Ágata

Corinne Machon - Cathy Delanssay

Cuando la princesa Ágata vino al mundo, lo primero que advirtió la comadrona fue el impresionante tamaño de sus pies. No obstante, era tan grande la felicidad del rey y de la reina que dejaron de lado por un tiempo ese problema. Aunque solo por un tiempo, pues cuando a la princesa comenzaron a interesarle los chicos, hubo que hallar una solución. Los pies eran tan grandes que no había príncipe que quisiera salir con ella.

Se pidió consejo a Verruguinda Mandrágora, la bruja oficial del reino.
Era la más cualificada en el difícil arte de la brujería.
Sin embargo, por muchos conjuros que pronunciase noche y día y por mucho que hurgase en libros de magia tan viejos como el mundo, no hubo encantamiento que cambiara en lo más mínimo el estado de la cuestión.
—Si no consigo obtener resultados —dijo la bruja a los reyes—, es porque la situación debe permanecer como está... Seguro que vuestra hija está destinada a un sino mucho más grande que sus desdichados pies.

Se pusieron entonces de moda los vestidos largos y ahuecados, pero los enormes pies de la princesa siempre sobresalían bajo los encajes y las enaguas.
A la mesa, nadie podía sentarse delante de ella. Tampoco podía bailar con una pareja, ni montar a caballo. ¡Y todavía menos correr o ir en bicicleta!
La joven se volvió triste y melancólica.

Entretanto, llegó a oídos del rey que un villano conocido por el nombre de Escuchimo Latiña decía ser el propietario del bosque que rodeaba el castillo.

—¿Pues quién es ese individuo que asegura que el bosque le pertenece? —preguntó a Verruguinda—. ¡Le declararé la guerra! ¡Vais a ver!

—No, necesitáis un mediador —dijo la bruja—. Es lo que más se lleva en este momento. Pedid a la princesa Ágata que vaya a hablar con él. Eso mantendrá su mente ocupada y le impedirá dar más vueltas a sus problemas con los pies.

El rey aceptó.
—Hija querida —le dijo a la joven princesa—, os encomiendo la misión de ir en busca del maldito Escuchimo Latiña y disuadirle de que se apropie de nuestro amado bosque.
—Lo intentaré, padre —respondió la tímida princesa—, pero ¿cómo me las apañaré con estos pies enormes?
—Vuestros pies no pintan nada en este asunto, Ágata —respondió el rey con tono afectuoso pero muy firme—. Es una cuestión de diplomacia, no de estética.

Al día siguiente, la princesa salió a encontrarse con quien tenía que tratar.
Al ver acercarse a Escuchimo Latiña le preguntó:
—¿Es usted en realidad un trol?
Los trols son los habitantes más sucios que hay en la Tierra.
¡Lo manchan todo!
—¡Mira que niña más mala tenemos aquí! —rio el trol mientras se rascaba la nariz. Luego se puso a cantar—: ¡Tralará, la princesa marido no encontrará!
¡Tralarí, porque tiene unos quesos gigantes ahí!
Desolada, Ágata se echó a llorar.

Entonces fue cuando el príncipe de los gnomos apareció con su pequeño ejército y atacó al malvado trol. La princesa, sin embargo, vio enseguida que no tendría ninguna posibilidad de vencer.
El trol era demasiado grande y fuerte. En el lugar donde estaba no corría el menor riesgo, así que extendió la pierna y le hizo la zancadilla al malvado trol que cayó de morros en el suelo.
Luego arrojaron al trol a unas mazmorras, atado como si fuera una morcilla.

El príncipe de los gnomos tendió su pañuelo a Ágata.
—Dejad de llorar, hermosa princesa —dijo quitándose el gorro verde—. ¡Mirad! Yo tengo las orejas más largas de todo el reino y estoy muy orgulloso. Casaos conmigo y le pediré al zapatero de palacio que os confeccione un calzado tan hermoso que vuestros pies volarán y estaréis también orgullosa de ser diferente.

Y así fue como, para gran alborozo del rey y de la reina, la princesa y el príncipe de los gnomos del bosque se casaron. Vivieron felices y tuvieron muchos hijos, uno con las orejas grandes como su papá, otro con los pies grandes como su mamá y otro con una nariz muy larga.

Pero este cuento...
¡Os toca a vosotros inventarlo!

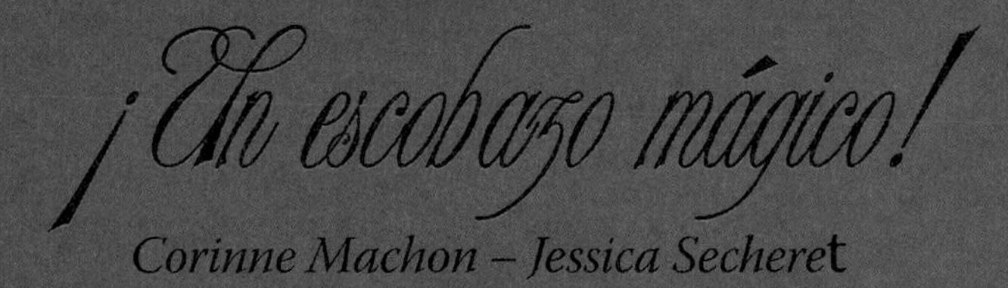

Corinne Machon – Jessica Secheret

No, la princesa Olivia no era una niñita modelo.
Siempre desobedecía a la reina, hacía novillos y allí por donde pasaba armaba un alboroto.

Como nadie la quería, se pasaba el tiempo haciendo tonterías o pensando qué tontería podía hacer.

Un día de lluvia que no tenía nada que hacer fue a hurgar en el desván para pasar el rato, pese a que la reina se lo había formalmente prohibido.

Descubrió allí un baúl cerrado con llave, lo que despertó su curiosidad e imaginación.

Con paciencia y perseverancia, el baúl acabó abriéndose y Olivia descubrió admirada un viejo libro de magia que probablemente había pertenecido a una bruja en tiempos antiguos.
Lo escondió bajo la chaqueta y, entusiasmada, se encerró en su habitación. Se puso a leer.

La reina, que ya hacía un buen rato que no la veía ni oía sus gritos y chillidos, se preocupó. Golpeó a la puerta de la habitación.
—Olivia, ¿estás ahí?
—Sí, mamá —respondió la princesa.
La reina abrió la puerta.
—¿Qué haces tan sola en la habitación?
—Estoy leyendo, mamá —dijo la pícara princesa—.
Leo un libro para el colegio.
—¡Qué bien! —contestó la reina algo sorprendida.

Al día siguiente, Olivia metió el libro de magia en la cartera. Al cruzar el patio del castillo y pasar por las caballerizas, hizo salir a todos los animales del establo con una fórmula mágica. Vacas, conejos, palomas y ocas, ¡menudo alboroto! Y cuando vio a los criados intentando atrapar los animales, a la princesa le dio un ataque de risa.

Por el camino pasó al lado de la panadera, que iba al mercado a vender su mercancía.
Le lanzó un encantamiento y todos los panes cayeron al suelo. La pobre panadera rompió en llanto, lo que provocó que la princesita se tronchara de risa. A continuación, encantó la escoba de la escuela y se marchó con ella volando para tirar patatas podridas a todo el mundo.

Creyendo que nada le sucedería, la princesa no le temía a nadie.
Así que decidió ir a fastidiar al dragón del campo.
El pobre animal, un absoluto buenazo, estaba echando tranquilamente una siesta a la sombra de un roble centenario.
La princesa señaló con el dedo en su dirección.
Entonces, un rayo cruzó el cielo y fulminó el árbol, importunando así al dragón.

Enfurruñado, este salió en pos de la princesa.
Eso no tenía nada de divertido.
Muerta de miedo, la niña pidió ayuda a gritos. Pero todo lo que oía eran las risas y los aplausos de quienes se burlaban de ella.
El dragón insistía. Arrojó una pequeña llama que redujo la escoba encantada a cenizas. La princesa cayó, sorprendida, sobre un carro cargado de heno.

La reina, a quien enseguida avisaron, cogió el libro de magia y dijo con voz muy serena:
—¿Así que no vas a clase y juegas a ser bruja? Pues te ordeno esto: mañana a primera hora, limpiarás los corrales y darás de comer a los animales.
A continuación saldrás en busca de la panadera y la ayudarás a llevar sus panecillos al mercado y te quedarás ahí hasta que se haya vendido todo.
Luego limpiarás la escuela y, para acabar, rascarás el lomo de nuestro pobre dragón hasta que se duerma.

A la mañana siguiente, antes de poner el libro de magia a buen recaudo, la reina lo hojeó y pronunció una diminuta fórmula mágica que hizo aparecer una escoba sin estrenar. Sin embargo, no estaba destinada ni a barrer el suelo ni a pasear entre las nubes. Fiel y tenaz, no se apartaba de la princesa y, cuando esta desobedecía, ¡la zurraba!

Todo por la luna

Rosalys - Sel

En quién pensáis cuando miráis la luna?
Depende de la fase: creciente, luna llena o luna nueva.
Esto es lo que habría contestado Lena al recordar las aventuras que le había hecho vivir el vestido más malogrado que había cosido jamás.
Antes de esta historia, la joven solo participaba en las fiestas por los vestidos que confeccionaba a las princesas.
Gracias a su modista, esas doncellas todavía estaban más hermosas.
Y es que Lena tenía un don: conseguía que con todo lo que ella creaba las demás relucieran y destacaran.

Ese año, la primavera llegaba acompañada
de un homenaje a la luna.
La persona de mayor dignidad y elegancia representaría
al astro venerado en todos los reinos.
Un honor tal desencadenó todo tipo de pasiones.
Entre las más decididas destacaban dos princesas.
Una, llamada Misia, era tan romántica como un hada.
Y lo era...
La otra, que respondía al nombre de Catia,
era tan sombría como una bruja.
¡Y lo era...!
Las dos competidoras se jugaban
malas pasadas.

Cuando Lena tenía que coser un traje
para la princesa Misia, encontraba las telas
blancas manchadas de moras maduras.
Cuando se le encargaba un vestido
para la princesa Catia, todas las telas negras
estaban cubiertas de helado de vainilla.
El hada y la bruja se lanzaban conjuros
una a otra, por turnos, primero inofensivos.
Lena pronto se encontró rodeada de zarzamoras
y montañas de helado.
¿Cómo iba a crear vestidos dignos de la luna
en tales condiciones?

La costurera tuvo que abandonar su taller
para trabajar a la sombra de los árboles.
Sin embargo, no podía utilizar
ninguna de sus telas preferidas
sin que la magia se lo fastidiara todo.
Si bien al principio se sentía impotente,
luego se le ocurrió una singular idea.

De hecho, cada vez que el hada lanzaba un sortilegio, las palomas volaban por el cielo. Asimismo, cuando era la bruja quien arrojaba un conjuro, eran los cuervos los que alzaban el vuelo.

Entonces, la joven recogió pacientemente las plumas de esas aves para diseñar los auténticos vestidos de las dos princesas rivales.

La vigilia de primavera, Lena concluyó sus obras a tiempo: un vestido de plumas blancas con perlas bordadas para la princesa Misia y un vestido con plumas negras con arándanos ensartados para la princesa Catia.

La costurera tenía que entregar sus creaciones el mismo día de la fiesta de la primavera, pero se hallaba en un estado lamentable tras haber trabajado al aire libre todas las noches.

Diseñó pues rápidamente su primer vestido de baile recogiendo
las flores que habían caído del árbol bajo el cual había creado sus obras.
En la fiesta entregó humildemente los encargos de las princesas,
que pronto resplandecieron en sus trajes de plumas.
Pero todas las miradas se posaban en Lena
y en su espléndido traje de flores de cerezo.
Así pues, se decidió que fuera la costurera quien representara la luna.

Sin embargo, el traje pronto empezó a marchitarse, pues la belleza de esas flores es pura, pero también sumamente efímera...

Lena acabó cubierta de harapos, pese a todo el cariño y el esfuerzo que había puesto en su obra. No pudo evitar echarse a llorar.

Ante tanto desconsuelo, las princesas se olvidaron de su enemistad y consolaron a quien tanto había hecho por ellas.
Misia rodeó con su chal de plumas a Lena, mientras Catia depositaba en los cabellos de esta su joya de plumas. Las dos magas transformaron el traje marchito en un resplandeciente traje plateado.

Las tres magníficas amigas
fueron proclamadas
representantes de la luna.
Dejaron de llamarlas Misia,
Catia y Lena, para otorgarles
los nombres de Artemisa,
Hécate y Selene.

La princesa y el gigante

Corinne Machon - Sandrine Lamour

La princesa Piruleta Pralineta era requetegolosa.
Comía caramelos a todas horas del día y,
a veces, incluso por la noche, cuando se levantaba a hacer pipí.
Al inicio de la primavera, todos los mercaderes del mundo
acudían con las arcas llenas para que la golosa princesa
hiciera sus encargos antes del invierno.
Se llegaba al castillo por un único camino y, durante la
estación mala, la nieve impedía cualquier intercambio comercial.

Esa mañana, la princesa estaba mojando caramelos en el té.
Preguntó a su consejero:
—¿Os han llegado noticias del exterior, Gominolio?
—Pues claro, Majestad, los mercaderes están en camino.
De repente, un mensajero susurró unas palabras a la oreja del consejero, que cambió literalmente de color.
—¿Qué sucede, Gominolio? ¡Estáis tan pálido como un caramelo de nata!
—Su Majestad, lo lamento, pero acaban de advertirme que un gigante está bloqueando el camino principal.
Dicen que está melancólico y pensativo.
—¡Qué mala suerte! —se lamentó la princesa—.
Venga, Gominolio, vamos a verle.

Y con paso decidido llegó junto al gigante que, sentado en el suelo, apoyaba la cabeza en las manos.
—¡Cucú! —saludó Piruleta Pralineta con un pequeño gesto de la mano—. ¿Me oyes?
El gigante bajó la cabeza y miró a la princesa con los ojos enrojecidos. Dulcemente murmuró:
—Todos los años, en mi cumpleaños, pronuncio el mismo deseo: volar... Pero ¡hoy también he fracasado! Soy demasiado grande. Mi deseo nunca se cumplirá.

—Tu historia me da mucha pena —respondió la princesa—. Pero no puedes quedarte ahí porque espero unas mercancías importantes.
—Siempre soy demasiado grande para todo —prosiguió el gigante con tristeza—. Doy tales zancadas cuando ando que siempre tengo miedo de aplastar algo o a alguien... No puedo disfrutar del paisaje porque no hago más que mirarme estos inmensos pies para no cometer una tontería. ¡Me gustaría ser ligero... ligero como una golondrina, como una pompa de jabón!
La princesa empezó a pasear arriba y abajo seguida de cerca por Gominolio. Con la boca llena de caramelos, murmuraba:
—Ligero... Ligero... Golondrina... Pompa de jabón... Pero decidme, Gominolio, ¿nos queda una caja de chicles en el fondo del armario?

Unos instantes más tarde, dos porteadores depositaron a los pies del gigante una caja de madera enorme llena hasta el borde de chicles de todos los colores.

—Pues es muy sencillo —dijo la princesa muy segura de sí misma—. Solo tienes que meterte el mayor número de chicles que puedas en la boca, masticarlos bien y soplar... ¿Comprendes?

El gigante obedeció. Cuando tenía la boca llena de esa formidable masa elástica, había vaciado más de la mitad de la caja. Entonces la princesa le gritó:

—¡Sopla! ¡Ahora... sopla!

El gigante sopló y sopló e hizo una bola
tan grande como un globo aerostático.
El consejero cruzó los dedos y dio un paso hacia atrás.
—¡Con tal de que no explote! ¡Sería una catástrofe
para el medio ambiente!
Pero de repente el gigante despegó.
En silencio y con ligereza.
—¿A que esto se merece un caramelo, Gominolio?
—dijo la princesa.

Y así fue como ese hermoso día de primavera se despejó el camino y unos días más tarde la princesa Piruleta Pralineta recibía en el castillo a los tan esperados mercaderes. Acordaos de ella cuando os comáis un caramelo y, si os preguntáis por qué en la actualidad nunca os encontráis con los gigantes, sabed que están escondidos tras las nubes, ligeros como plumas, y con un globo en la boca...

La princesa Fulgurina

Corinne Machon - Lucie Paul

Fulgurina no era una princesa
como las demás.
En realidad, era el tema
de conversación de todos
los habitantes del pequeño reino,
pero también el punto
de discordia permanente
entre su padre y su madre.

La reina ponía como
excusa que era
una niña, pero
el rey era
mucho menos
conciliador.

Porque, ¿sabéis?,
Fulgurina tenía
una única pasión:
¡el brillo!

Imagináoslo un poco. Era casi como una enfermedad, pero
en lugar de granos en la cara habrían salido brillantes.
En todos los vestidos y en todos los zapatos llevaba lentejuelas de todos
los colores. Nunca salía de casa sin su lápiz de labios con brillo.
Incluso cuando sonreía enseñaba un diamante en los dientes.
Le importaba un rábano la política del reino, la diplomacia extranjera
y todo lo que quería enseñarle su padre.
También le daba igual cómo se organizaban los bailes, los cursos
de protocolo y todo lo que quería su madre que aprendiera.
No tenía la menor intención de asumir sus responsabilidades.
Tampoco le interesaba conocer a un príncipe azul.
¡Solo suspiraba por todo aquello que brillaba!

Un día el rey montó en cólera. Y le echó a su hija un curioso sermón.
—Uno no puede pasarse la vida entre brillos y lentejuelas —vociferó—. ¡Hay que trabajar! ¡Así que si no os gusta la profesión de reina, tendréis que buscaros otra!
—Pero papuchi, yo no tengo la culpa si no sé qué hacer.
—Panadera, doctora, institutriz e incluso pastora. ¡Id a criar dragones en el prado si es lo que os gusta, pero haced algo! —acabó gritando el rey, rojo de ira.
—Pero papito —dijo Fulgurina—, ¡no vale la pena que os pongáis así! ¡Ya buscaré algo, os lo prometo!
Y con un beso y una sonrisa desapareció antes de que el rey siguiera insistiendo.

Para ordenar las ideas, la princesa salió a dar un paseo. ¡Mira que se ponen pesados los padres a veces! Sobre todo ahora que, aunque lo pensara con todas sus fuerzas, no se le ocurría ninguna profesión.
Pero he aquí que divisó un extraño barco amarrado en el puerto. Las velas blancas restallaban al viento.
Adornado con lentejuelas, habría estado maravilloso...
—¿De quién es ese barco?—preguntó Fulgurina a un marinero que pasaba por allí.
—Es de los corsarios de vuestro padre, princesa.
—¿Y qué son en realidad los corsarios?
—¡Pues un poco como los piratas! Parten a la conquista de islas lejanas y traen tesoros fabulosos. Especias, plantas extraordinarias, pero también piedras preciosas, oro y brillantes de todo tipo.
Fulgurina no tuvo que escuchar más, corrió a anunciar a sus padres que ya tenía una profesión.

—¿Corsaria?
—dijo el rey algo
sorprendido—.
Pero... ¿por qué no? 
Y así fue como la princesa
Fulgurina abandonó el castillo
de su familia para surcar
océanos.
Durante mucho tiempo,
la reina lloró la pérdida
de su princesita,
pero el rey la consoló
diciéndole que los
jóvenes aprendían
mucho viajando.
Fulgurina se ha
convertido en una
gran corsaria.
Desde el casco
hasta el mástil,
todo brilla en
su barco.
Ha recorrido
todas las islas
del mundo y
hallado
grandes tesoros.
Es evidente que su
historia no sería una
auténtica historia de
princesa si olvidáramos
decir que se casó y tuvo muchos hijos.
Sin embargo, nunca perdió su apasionado amor por todo lo que reluce.
En el fondo, nosotras las chicas nos parecemos mucho a ella.
¿Acaso no os gusta el brillo de labios? ¡A mí me encanta!

La princesa del membrillo

Ella Coalman - Laure Gomez

Hace mucho, mucho tiempo, había un poblado entre cuyos habitantes el más alto no superaba el tamaño de una bellota.

Vivían en casas de madera. Eran amigos de los animales.
Los caracoles los llevaban a lomos,
las arañas les tejían la ropa
y las ranas cantaban
para distraerlos.

El rey y la reina de ese reino tenían una hija, una hermosa princesa
que se pasaba el día haciendo pasteles de fruta.
Llevaba una seta por sombrero y como vestido,
dos delicados pétalos de rosa anudados con una brizna de hierba.
Era tan hermosa que todos los jóvenes querían casarse con ella.
Pero ella no tenía prisa. Disfrutaba de la naturaleza
y preparaba confituras...

Sus padres deseaban que contrajera matrimonio. Así que aceptó conocer a sus pretendientes. Los reunió y les dijo:
—Queridos amigos, ya sabéis que me encanta la fruta. Aquel de entre vosotros que consiga mostrarme un fruto que jamás haya cocinado será mi marido.
Pensando que nadie podría hacerle tal revelación, la princesa volvió aliviada a sus pasteles.

Durante los días que siguieron a tal declaración, aparecieron a todas horas cestos llenos de frutas: manzanas, peras, frambuesas...
—¿Cómo es posible que esos chicos se imaginen
que nunca he cocinado con estas frutas
que todo el mundo conoce aquí?
—se preguntaba algo decepcionada la princesa.

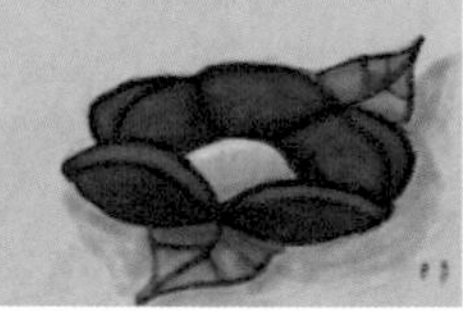

Pero una mañana descubrió en una cesta un fruto
que nunca había visto antes. Se parecía un poco a una pera,
pero la piel era muy dulce. Era muy duro.
De inmediato quiso conocer al joven que lo había encontrado.
Era un muchacho encantador y tímido,
que lucía una cáscara de nuez como gorro.
Le contó que se trataba de un membrillo
y que con su carne se preparaban exquisiteces.
Feliz de haber conocido a alguien que compartía
su gusto por la fruta diversa,
la princesa se casó con el joven y juntos vivieron felices
horneando maravillosos pasteles.

Un castillo para el rey Río

Lenia Major - Alexandre Honoré

El sol se pone por el mar. Los niños han dejado la playa con sus cubos, palas y estallidos de risa. Reina el silencio. Cuatro figuras minúsculas salen de su escondite.
—¡Nadie a la vista! Podemos empezar la inspección —declara el rey Río—. Venid, mi señora, ¡tened cuidado con ese gran charco!
La reina Sirte, el príncipe Granzón y la princesa Duna avanzan pisando los talones al rey. Como todas las noches, buscan el castillo donde dormir.
—Hoy los niños han trabajado mucho, mirad todas esas construcciones. No va a ser fácil elegir una. —La familia real llega al primer castillo.
—¡Cuatro torres torcidas y unas paredes de pena! ¡Que nadie piense que voy a dormir aquí! —anuncia el príncipe—. ¡Ese cuchitril es indigno de mi real persona!
Irritado, Granzón da una patada a una torre. Esta se derrumba sobre él. Refunfuñando y escupiendo arena, sale del montículo. A la princesa Duna se le escapa la risa.
—Deja de burlarte, Duna, y mejor ocúpate de buscar una morada adecuada.
—¿Por qué no esta? —propone Duna.
A cuatro metros de distancia se alza un castillo magnífico.
—Es bonito de verdad —le da la razón el rey.
—¿A qué esperamos para entrar? —pregunta la reina—. Tengo ganas de descansar.
—Por supuesto, tesoro mío.
El rey se dirige hacia el castillo. Da una vuelta y regresa muy contrariado.
—Por toda la mar salada, ¿quién es el arquitecto de este castillo? —brama.
—¿Ha surgido algún problema, amigo mío? —se inquieta Sirte.
—Y grave, reina mía. ¡El que ha construido este fuerte se ha olvidado del puente! No se puede ni entrar ni salir a menos que uno sepa volar.
¡Qué despistado!

Todos están desanimados, ¡con lo acogedor que parecía ese castillo! Ya es tarde y el rey se pregunta si encontrarán dónde cobijarse por la noche. La luna empieza a subir.

—Mirad allá abajo —grita Duna—, he visto algo brillar.

Escala a toda prisa por un montículo de arena. Ante ella se alza la fortaleza de sus sueños. No solo tiene todo lo que corresponde a un auténtico castillo, sino que las murallas están cubiertas por decenas de conchas.

Para cruzar el foso, se han colocado unos cantos rodados planos y lisos. El recinto dispone de numerosas habitaciones.

—¡No es un castillo, es un palacio! —declara la reina.

Duna aplaude de contento:
—Por fin tendré una habitación
para mí sola. ¡Esta noche, padre mío,
vuestros ronquidos no cubrirán
el sonido de las olas!
Tras cruzar el puente, el príncipe
no encuentra ningún defecto.
Todo es perfecto.

El rey sonríe de felicidad.
—Granzón, id corriendo a buscar las cuatro
plumas de gaviota que decoran las torres,
nos servirán de colchas.
El constructor ha pensado en todo.

Pronto se instalan sobre la arena blanda. El cansancio no tarda en cerrar
los ojos de los soberanos. Unas horas más tarde despunta el alba.
Deben abandonar esa maravillosa residencia.
Antes de esconderse de nuevo, el príncipe deposita una caracola irisada
en lo alto del torreón. Es el regalo del rey Río para el niño que les ha
ofrecido una noche tan bonita.

Si en lo alto de tu castillo encuentras una mañana una extraña caracola que
no estaba el día anterior, ya sabrás quién te la ha dejado para darte las gracias.
Consérvala con cariño en una pulsera, un collar o en una bonita caja dorada.
Nunca olvides que a partir de ahora
disfrutas del gran honor
de formar parte de los
súbditos del rey Río.

Clarineta y la bruja Negra

Corinne Machon - Marie-Pierre Emorine

La princesa Clarineta se ha levantado hoy sin refunfuñar.
Ha desayunado lo que tenía en el plato y ha ido a cepillarse los dientes sin que la reina tuviera que enfadarse para que lo hiciera.
Cierto es que hoy no es un día cualquiera.

Hoy Clarineta cumple siete años
y reina la actividad en el castillo.
Por todas partes hay globos y guirnaldas.
En el jardín se han colocado mesas
para acoger a todos sus amigos.

—¿Habrá recibido todo el mundo la invitación?
—no deja de preguntar inquieta la princesita—.
¿Y la nueva bruja?
¿La ha recibido ella también?

—Claro que sí, cariño
—la tranquiliza la reina—.
No te preocupes tanto,
todo el mundo vendrá.

Y así es, poco a poco van llegando todos.
Con caramelos, flores y regalitos.
Para comer se sirve ensalada de pasta, minipizzas
y también montones de patatas chips.
El rey asa unas salchichas para los perritos calientes
y la reina llena los cuencos de patatas fritas.
Es una maravillosa fiesta de cumpleaños.

Pero he aquí que en el cielo
se divisa una extraña figura.
Cuanto más se acerca, más terrorífica se ve.
Toda vestida de negro, aparece en medio
de la celebración la nueva bruja,
y parece tan diabólica y maquiavélica
que todo el mundo huye.

A toda prisa ponen
a salvo a la princesa y
la fiesta se da por acabada.

Pero Clarineta no
es una simple niñita que
se deja impresionar por la
primera bruja que llega.

Sale con sigilo del castillo firmemente
decidida a encontrar a quien le ha aguado la fiesta.

Descubre una casita negra con una verja negra y cortinas negras.
Sin una pizca de miedo, llama a la puerta y la bruja le abre,
vestida de negro de la cabeza a los pies, desde los botines
hasta el sombrero puntiagudo.
Lleva en el hombro un gato también negro.

—¡No me extraña que vayas asustando a todo el mundo!
—exclama la princesita.
—Lo siento de verdad por tu fiesta —dice la bruja—.
Pero a cualquier sitio que voy provoco el mismo efecto.
Nadie me quiere. ¡Y sin embargo, no soy una bruja mala!

—¡Mírate en el espejo!

¡Es que vas de negro de arriba abajo!

—replica Clarineta—.

¡Los sillones son negros, los muebles son negros!

Si no quieres que la gente te tenga miedo,

tienes que dar color a todo eso.

—¿Crees de verdad que es la solución? —pregunta la bruja, sonándose la nariz

con un pañuelo de puntillas negro.

—Hoy he cumplido siete años,

y dice mi padre que es la edad de la razón.

¡Así que no puedo equivocarme!

Entonces la bruja pronuncia unas fórmulas
a cual más mágica y todo adquiere color.
El sombrero se pone rojo y con topos blancos,
el vestido verde y los ojos muy azules.
En su casa multicolor entra por fin la luz del día.
La bruja está transformada y encantada de la vida.
Solo el gato sigue siendo negro, pero ¡poco importa!
—¿Cuál es tu nombre? —pregunta la princesita.
—¡Negra! —responde la bruja al oído de Clarineta.
—¿Te gusta Rosa? ¡Mi muñeca se llama así!

La bruja está muy contenta.
Invita a Clarineta a subir en su escoba mágica
y las dos vuelan a palacio.
Rosa presenta sus disculpas a todo el mundo y ayuda a preparar
otra fiesta de aniversario.

Cuando anochece,
la princesita le pide a
Rosa que se quede a dormir.
Entonces, con un pequeño conjuro
de nada, la bruja hace aparecer el
pijama más suave y más colorido de
todos los pijamas del reino.

Y desde esa noche, gracias a la princesa Clarineta,
tiene maravillosos sueños a todo color.

Los zapatos embarrados

Calouan - Cathy Delanssay

El rey del país de Kivala tenía una hija. Nadie sabía cuál era su aspecto, pues desde que cumplió los diez años, su padre la había encerrado en una gran habitación donde solo tenía permiso para entrar la dama de compañía. Así pues, Lorina llevaba ocho años viviendo de este modo sin quejarse, sin protestar, sin derramar una lágrima. Una mañana, sin embargo, la dama de compañía descubrió que había barro en los zapatos de la niña.
Los zapatos que jamás pisaban algo que no fuera la suave alfombra de la habitación de la doncella estaban cubiertos de tierra.

La dama de compañía alertó al rey. El monarca, iracundo, hizo poner barrotes en las ventanas de la habitación y advirtió a los guardias que mantuvieran los ojos bien abiertos.
Pero al día siguiente, los zapatos de la princesa volvían a estar manchados de barro.
—¿Adónde vais por las noches, querida niña, cuando todo el mundo duerme?
Lorina se negó a responder.

Y aun así... Al día siguiente y los días posteriores
los zapatos de la princesa estaban sucios.
El rey se había ocupado de cerrar la puerta con
un gran candado que colgaba en el extremo de
una gruesa cadena.
—Pero ¿adónde debe de ir? —se lamentaba el rey,
quien temía que una mañana ya no la encontraran
en su cama.

A falta de una idea mejor, acabó por anunciar que el príncipe que descubriera adónde iba su hija por las noches tendría el derecho de casarse con ella.
Lorina se estremeció de miedo, pero cada mañana su dama de compañía constataba por sus zapatos que había salido a pasear de noche.
Y los pretendientes se sucedían curiosos por ver al fin cómo era la misteriosa princesa.
Cada noche, uno de ellos se apostaba ante la habitación de Lorina, nadie salía de ella pero al amanecer los zapatos volvían a estar cubiertos de barro.

Llegaron de todos los países, incluso de los más alejados. Los había sagaces que se creían lo suficientemente hábiles para desbaratar las escapadas de la princesa. Forzudos que ponían sillas y muebles delante de la puerta para evitar que la abriera. Prácticos que se quedaban con el ojo pegado al agujero de la cerradura para vigilar a la hija del rey. Valientes que prometían no llegar a dormirse...
En vano. Al amanecer, los zapatos siempre estaban embarrados.

Un día, sin embargo, un joven y tímido zapatero se presentó en el palacio.
—Quisiera hablar con la princesa —dijo.
—El rey nunca lo aceptará —se lamentó la dama de compañía—. Yo soy la única con permiso para hacerlo.
—Pero he traído unos zapatos mágicos. En el momento en que la princesa los calce, conservarán el recuerdo de los lugares a los que haya ido. Al amanecer, solo tendréis que preguntarles y lo sabréis todo. Aun así, he de convencer a la princesa de que se los ponga.

El rey autorizó entonces que el zapatero penetrase en el antro de su hija que tan celosamente había mantenido cerrado todos esos años.

A la vista del desconocido, Lorina se sobresaltó.
—Tranquilizaos, hermosa princesa, no os haré ningún daño.
Pues bien es cierto que Lorina era hermosa. Su tez, blanca como la leche y transparente como los pétalos de rosa, daba realce a la negrura de sus ojos.
La princesa pensaba que era el pretendiente que había conseguido descubrir su secreto, pero el zapatero le explicó:
—Tengo aquí unos zapatos que siempre se conservan limpios. Podéis ir adonde deseéis todas las noches, nadie sabrá nada, pues al amanecer no estarán manchados de barro.
Lorina, convencida, los aceptó.

Aliviado, el zapatero le dijo al rey:
—Majestad, o bien los zapatos estarán sucios mañana, pero sabréis adónde ha ido la princesa; o bien no lo estarán porque no habrá salido.
—El rey estaba encantado. Pero el zapatero añadió—:
Si estoy en lo cierto, ¿me entregaréis la mano de vuestra hija?
Y como había prometido, a la mañana siguiente los zapatos estaban limpios, increíblemente limpios.
El rey tuvo que cumplir su palabra y Lorina se casó con el joven zapatero.
El joven nunca preguntaba a Lorina adónde iba por las noches, pues estaba muy contento de ser su esposo. Además, a partir de entonces, los zapatos de la princesa nunca más estuvieron cubiertos de barro al amanecer.

El Gran-Grum

Corinne Machon - Evelyne Duverne

El suspiro de la reina flotó por los pasillos de palacio dando a entender a todo el mundo hasta qué punto estaba cansada y enfadada con el rey. Este, no solo estaba todavía en una reunión en Campillo de los Gansos, sino que le había confiado, como de costumbre, una misión supuestamente de la mayor importancia. En realidad se trataba de un asunto del que él no quería preocuparse, como si la reina fuera lo bastante tonta como para no verlo... Esta vez se trataba de encontrar un nuevo emblema para el reino y eso en menos de veinticuatro horas.

La reina recorrió el pasillo que conducía a la alcoba de la princesa y abrió suavemente la puerta pensando que encontraría a su hija casi dormida. Entonces se quedó inmóvil como una estatua de sal, apuntando con el dedo la cama de la princesa.

—Pero ¿qué es esto? —preguntó con ojos desorbitados.

En el silencio más absoluto, un montón de preguntas se apelotonaban en su cerebro mientras contemplaba a una extraña criatura repantigada cómodamente sobre el edredón real.

¿Qué debía de ser eso? ¿Un gato gordo o un conejo enorme?

¿Y de qué color era? ¿Marrón teja? ¿Ocre sucio?

Y además, ¿era rayado, estriado o cebrado?

¿Tenía el pelaje áspero? ¿Era hirsuto o todavía velloso?

¿Y cómo es que su propia hija lo estrechaba contra ella y lo llamaba «pequeñito mío»?

Seguro que iba cargado de pulgas...

El dedo de la reina,
que seguía apuntando
a dicho animal, se puso a
temblar inquieto.
—¡Os he hecho una pregunta, Clara!
¿Qué es esto?
Entonces la princesita se puso de pie
en la cama y declaró:
—Es el último de los gram-grum,
mamá...

—Mirad, hace mucho tiempo, los gram-grum vivían felices en una isla paradisíaca al este del fin del mundo. Pero una noche de septiembre se vieron atacados por los lagartos gigantes que vivían al oeste y que, al no tener nada que comer, los devoraron a todos salvo a uno: el último. Este consiguió salvarse y nadó durante varios meses por las aguas heladas de todo el planeta, perseguido por tiburones enormes de dientes afilados y piratas tuertos con patas de palo.

Entonces, cuando lo vi plantado, esperando delante de la escalera del parvulario, hice lo que siempre me habéis enseñado: socorrer al más débil.

El animal se estiró perezosamente y la reina, sacudida por una risa nerviosa, volvió a cerrar suavemente la puerta.

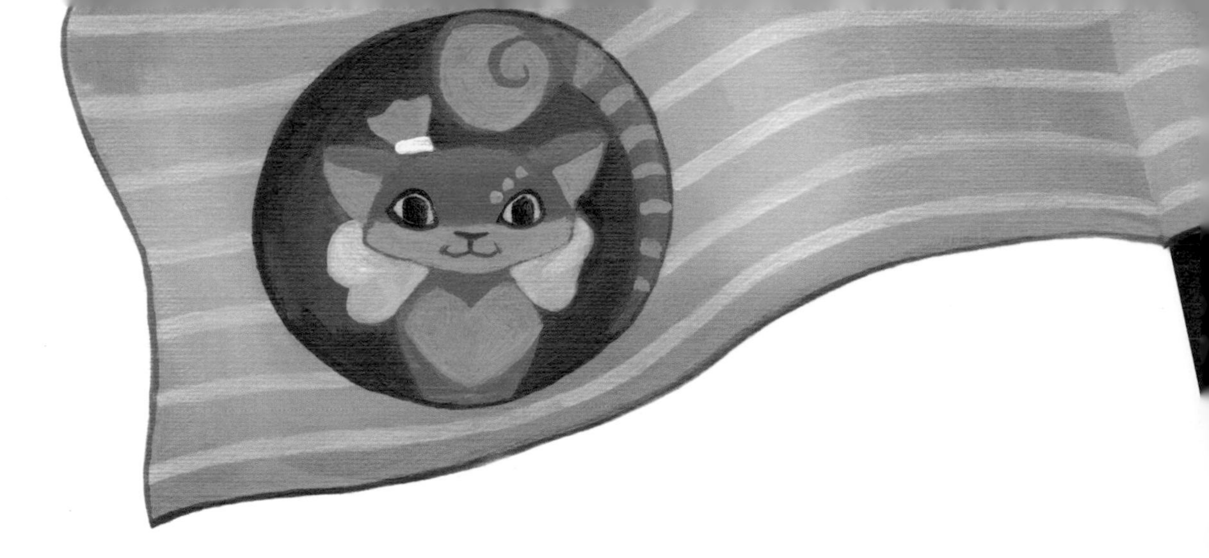

Y fue así como un gato feo y callejero
(¡eso quedó claro después de lavarlo y escurrirlo!)
fue elevado al rango de mascota real y su efigie adornó
las banderas, los sellos e incluso las monedas de oro.
Ni que decir tiene que después de este incidente el
rey distancia sus reuniones y se ocupa
de sus asuntos personalmente.

Mireille Saver - Laure Gomez

Corina, la pequeña princesa, va a la montaña por vez primera. La profesora, la señorita Lisa, lleva a toda la clase a la nieve. ¡Qué aventura, toda una semana fuera sin papá y mamá!

Corina ha metido en la mochila su querido peluche. Le gustaría llevarlo en brazos, pero las demás princesas no tienen y Corina se queda obedientemente con las manos vacías.

Unas horas más tarde,
aparece la montaña. A Corina le gustaría enseñar la nieve a su peluche pero las demás princesas no tienen. Como cree que todas se burlarán de ella, Corina contempla sola el paisaje.
Cuando la maestra da permiso para jugar con la nieve, a Corina le gustaría deslizarse por ella con su peluche, pero las demás princesas no tienen y Corina deja el suyo en la mochila.

Ha llegado la hora de acostarse. Ahora es cuando Corina se mete en la cama. En la oscuridad, la princesa por fin se atreve a sacar a su querido muñeco de peluche de la mochila. Lo estrecha contra su pecho, le hace mimos y le cuenta cómo ha pasado el día.

Unos minutos más tarde, cuando la señorita Lisa va a ver si todas las princesas duermen tranquilas, ¿adivináis qué descubre?
El muñeco de peluche de Corina, pero también el de Elisa.
Y el de Candela. Además del de Julieta y el de Paulina.
Naturalmente, no faltan el de Melina y el de Celeste.
¡No cabe duda de que al día siguiente todos los peluches saldrán a esquiar!

Calouan - Cathy Delanssay

En un lejano poblado vivía un sabio que tenía dos hijas.
Las dos eran hermosas pero no se parecían.
Kitsu era dulce y hacia el bien con discreción.
Suské era cruel y orgullosa, no se compadecía de nadie
y solo obedecía a su propia vanidad.

Llegó un día en que el padre de las dos jóvenes oyó decir que el jefe del poblado vecino buscaba una esposa para su honorable hijo. Cuando lo anunció durante la velada nocturna, Suské mostró una sonrisa complacida.
—Yo seré la esposa del hijo del jefe del poblado vecino —afirmó sin la menor sombra de duda.
Kitsu no se opuso a tal decisión.
—Mañana al amanecer me marcharé —anunció Suské, que no quería que otras competidoras la destronaran.
—Deja que te prepare una escolta —propuso el padre—. El camino que conduce al poblado vecino está lleno de obstáculos y podrías tener dificultades.
—No necesito que nadie me escolte y no temo los obstáculos. La decisión está tomada, me marcharé al amanecer, sola.
Suské temía demorarse. Quería ser la esposa del hijo del jefe del poblado vecino y no tenía tiempo que perder.

Así pues, al día siguiente se dirigió sola al poblado vecino. Se había puesto su vestido más bonito y avanzaba con paso firme. En el camino tropezó con un herrerillo que le dijo:
—Buenos días, bella doncella. ¿Sabes realmente adónde conduce este camino? Yo conozco un atajo que te llevará más rápidamente al poblado vecino, donde podrás casarte con el hijo del jefe.
Suské pensó que se trataba de una travesura.
—Lárgate, pajarraco —respondió—. Conozco el camino y no me hacen falta tus consejos. No necesito a nadie y no temo ningún obstáculo.

Pero al poco rato, la orgullosa muchacha tuvo que reconocer que se había perdido. Ante ella había varias bifurcaciones y no sabía cuál coger. Sentada en una gran piedra al borde del camino había una anciana que le hizo un gesto acogedor.

—Pareces dudar, bella doncella. Si quieres llegar al poblado vecino y casarte con el hijo del rey, te indicaré el camino.

—¿Tú? Pero si ni siquiera eres capaz de caminar, pobre vieja —se burló Suské.

Y, orgullosamente, la muchacha eligió la dirección que le pareció ser la correcta.

—¡Te equivocas, no debes ir por ahí! —gritó la anciana.
Suské se encogió de hombros y no hizo caso de esas benevolentes palabras.
La anciana le advirtió:
—Haz lo que desees, hermosa y obstinada doncella, pero que sepas que llegarás a un arroyo con un agua más dulce que el rocío de la mañana. No la bebas o tus cabellos se volverán horribles cuando te presentes ante tu prometido. Además, no hables con nadie. Si te cruzas por el camino con una persona, no le dirijas la palabra y vete.
Suské no dio importancia a las indicaciones de la anciana. ¿Quién mejor que ella podía saber lo que era bueno y lo que era malo? Casi brincando, prosiguió su camino.

Muy pronto se detuvo ante un arroyo con una tentadora agua, clara y fresca. Se había marchado temprano de casa y estaba sedienta. Se inclinó junto a la corriente y, tras haber admirado su imagen allí reflejada, bebió un refrescante trago.
A continuación reemprendió la marcha. Se acercó al poblado vecino y divisó a una muchacha que recogía frutos del bosque.
—¿Adónde vas? —le preguntó la joven.
—¿Sabes con quién hablas, descarada? —respondió Suské iracunda—. Voy a convertirme en la esposa del hijo del jefe de este poblado.
Y siguió andando.

Pero tan pronto como Suské llegó a la plaza del pueblo, resonó una trompa y apareció un horrible dragón de tres cabezas.
—Aquí tienes a tu futuro marido —anunció la muchacha que recogía frutos por el camino.
Suské gimió de sorpresa.
—¿Es así como una mujer recibe a su futuro marido? —gruñó el dragón.
Y con una llamarada prendió fuego a la orgullosa joven, no quedando de ella más que un montón de cenizas.

Inquieta al ver que no regresaba su hermana, Kitsu decidió salir en su busca. Por el camino se encontró con un herrerillo que la guio y una anciana que le dio sus consejos. Al llegar a un arroyo, vio a una joven que recogía bayas:

—Sígueme, dulce doncella, y te presentaré al hijo del rey en cuya esposa te convertirás. Pero no te asustes cuando lo veas.

Kitsu no se asustó y se aproximó lentamente al dragón de tres cabezas cuando apareció en la plaza del pueblo. Posó su tierna mirada en él y le dirigió la más dulce de sus sonrisas. Cuando puso la mano en la cabeza del animal, la piel de este cayó al suelo y apareció un apuesto joven. Así pues, el hijo del rey del poblado se casó con Kitsu y le ofreció perlas, pulseras, anillos y collares.

La princesa Paulina

Corinne Machon - Jessica Secheret

Érase una vez un príncipe y una princesa que toda su vida se habían esforzado para que en sus tierras reinara la paz y la tranquilidad. A cada edad le corresponde una forma de disfrutar y, ahora que habían alcanzado la vejez, vivían felices y entregados a sus tareas favoritas.

Luis se ocupaba del jardín y la princesa Paulina de tricotar.
Centenares de ovejas paseaban con calma alrededor del castillo. Tenían una lana magnífica que hacía las delicias de la princesa Paulina, quien, de la mañana a la noche, tricotaba sin cesar para su príncipe y todos los habitantes del reino.

Pero he aquí que una bonita mañana de otoño,
el primer ministro recibió una carta con una fea amenaza.
Al ir a ver al príncipe se encontró con Paulina, que estaba contando los puntos.
—163, 164 y 165... ¿Qué queréis Bautista? Hoy ponéis cara de tener un mal día. Id a ver a Luis, que está recogiendo tomates.

Con la carta en la mano, el cauto consejero llegó al jardín.
—Uy, hoy ponéis cara de tener un mal día, Bautista —dijo el príncipe al verlo llegar.
—Señor... —balbuceó este—, siento mucho molestaros, pero tenemos un grave problema.
—Un bárbaro va a atacarnos. Será mañana, ¡mirad!
—En efecto —respondió el príncipe, ajustándose los quevedos—. ¿Hemos de tener miedo?
—Pues sí, Su Majestad. Eso me temo.

La princesa Paulina llegó dando pasitos y con su labor en la mano.
—¡Luis, amigo mío! —dijo—, levantad el brazo para ver si están bien las sisas.
—Amiga mía, Bautista acaba de decir que un bárbaro tiene pensado atacarnos.
—¿De verdad? ¿Y hemos de tener miedo? Porque si es este el caso, os recuerdo, Luis, que ya no tenemos ejército. Todos nuestros queridos soldados se dedican ahora a la agricultura. ¡Habrá que encontrar otros nuevos!

Durante una parte del día, Bautista anduvo corriendo a través de bosques y campos para reunir, con gran esfuerzo, lo que debería formar un ejército. Por la noche, presentó su informe.

—El problema —dijo a sus majestades— es que no tenemos ningún uniforme. Y todavía peor... Dado que todo se recicló largo tiempo atrás, no hay arco que disponga de una sola flecha.

—Lo consultaremos con la almohada —dio el príncipe por respuesta.

Al amanecer, ambos encontraron a la princesa Paulina muy atareada.
—¡Mirad! —exclamó con orgullo,
mientras apartaba la cortina de terciopelo que tapaba el vestíbulo.
Ahí, de pie y en fila, un puñado de soldados estaba en posición de firmes.
En lugar de flechas, Paulina les había repartido sus agujas de hacer punto
más finas y puntiagudas.
—¿Qué os decía ayer, Bautista? ¡Es fantástico! —intervino el príncipe—.
¡Podremos ganar la guerra!

El silencio que reinaba en los campos de batalla
no dejaba presagiar nada bueno.
De repente, el terrible jefe de los bárbaros pareció intrigado y se acercó
unos pasos para observar atentamente a los soldados contra quienes
se suponía que luchaba. Le cogió un ataque de risa tremendo.
Se echó a reír y a reír y no podía parar. Posaba la mirada tan pronto
en los cascos de lana como en los arcos oxidados y los carcajes
llenos de agujas de tricotar. Señalaba con el dedo los uniformes de punto
y los guantes de punto de arroz.
Con esas ruidosas y entrecortadas carcajadas se dobló
en dos y cayó súbitamente muerto.

El rumor de que los terribles invasores habían sido vencidos
por el valeroso ejército del príncipe Luis se extendió por doquier.
¡Nunca nadie supo la verdad!
Para festejar la victoria, Luis regaló a su mujer un centenar de ovejas más y
contrató a los soldados bárbaros, que estaban en paro, para que las cuidaran.
Así pues, a cada edad le corresponde una forma de disfrutar...
el príncipe siembra a los cuatro vientos,
la princesa Paulina hace punto sin parar.
¿Y sabéis que hasta Bautista está en ello?
Seguro que ya no pone cara de tener un mal día.

Una princesa tan hermosa

Calouan - Lucie Paul

Melisandra era una princesita muy coqueta pero muy golosa.
Hija única del rey Velarde, su belleza no tenía parangón y estaba muy orgullosa de ella.
Ponía mucha atención en el cuidado de su cuerpo, cada día sin excepción, y se embellecía los cabellos con aceites nutritivos.
Pasaba los días admirándose en el espejo y confirmando que su belleza no se marchitaba, antes al contrario.

Un buen día, mientras se paseaba por los pasillos del palacio, percibió un delicioso olor.
Incapaz de resistirse a la gula, se dirigió a las cocinas reales.

—¿Qué estáis haciendo?
—dijo a su madre, que se lo estaba pasando estupendamente.

—Es una receta nueva que acabo de descubrir: extenderé esta masa ligera y untuosa al sol y se convertirá en una crêpe.

—¿Una qué?

—Una crêpe.
Pero si quieres probarla, ve corriendo a buscarme un poco de agua para terminar la receta.

—¿Que vaya al río? ¿Para ir a buscar un poco de agua? Ni os lo penséis, podría caerme y no sé nadar.

La madre, harta de los caprichos de su hija, intentó corregirla.

—Solo tienes que quedarte en los juncos que bordean el río.

—Pero los juncos son demasiado ásperos y podría hacerme daño en las manos.

—Basta con que te pongas guantes, por lo general te gustan mucho y nunca te los quitas.

—Pero podrían desgarrarse y no quiero.

—Los remendarás.

—No sé...

La hija de la cocinera, que estaba de paso, oyó la conversación y sugirió.

—Si lo permitís, yo misma iré. A mí no me da miedo el agua.

Melisandra se ofendió.
—A mí tampoco, no se trata de eso, sino de que suceda algún accidente.

La hija de la cocinera se puso de inmediato en camino y a los pocos minutos volvió con el agua necesaria para la receta.

Cuando las tortitas redondas y doradas estuvieron listas, la reina depositó satisfecha sobre la mesa la bandeja provista de deliciosas crêpes.
—Qué apetitosas, madre, me gustaría comer una con mucho azúcar.
—Pero hija mía, estas crêpes están calientes y podrías hacerte daño en tus preciosas manos.
—No os olvidéis de que tengo guantes.
—Ya, pero podrías estropeártelos con todo ese azúcar caliente.
—Los lavaré y los pondré a secar al sol.
—¿Al sol? ¡Desdichada, cogerán un color amarillo! Y una princesa tan aseada como tú no puede contentarse con llevar guantes amarillentos.

La reina no bajaba del
carro y Melisandra veía que
las sabrosas crêpes desaparecían
en la boca de la hija de la cocinera
a quien su madre se las ofrecía.

—Las crêpes son malas
amigas —resopló entonces
la princesa enfurruñada—,
redondean las caderas
y llenan de celulitis
las piernas.

—¡Qué lástima! Iba a
ofrecerte la última
que quedaba
—murmuró la madre—.
Bien, me la comeré yo.

Y así fue como muerta
de rabia, Melisandra
se metió ese día en su
habitación hambrienta
y triste.
Cuentan que lloró tanto
que se transformó en un
arroyo que fue a parar al
río donde se bañan las
golosas hermosas.

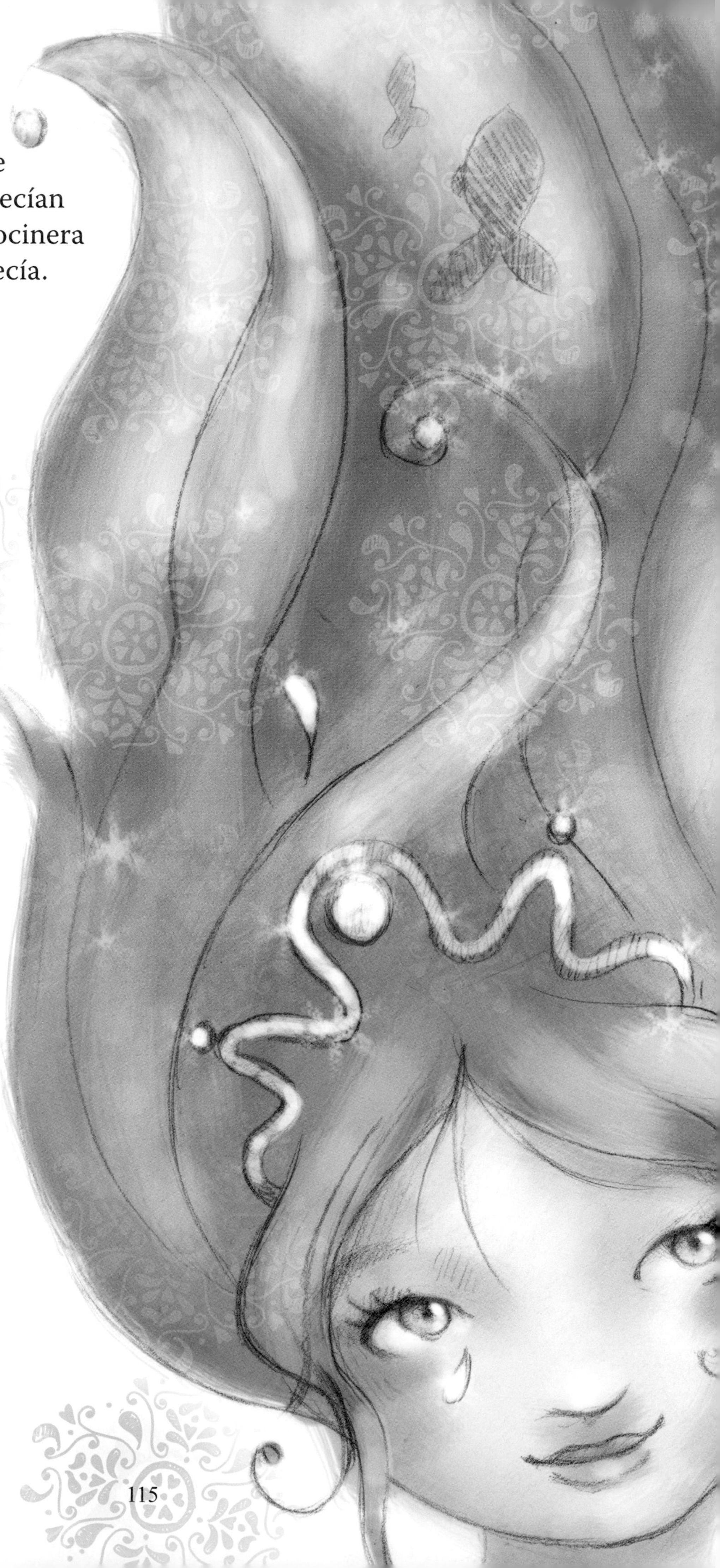

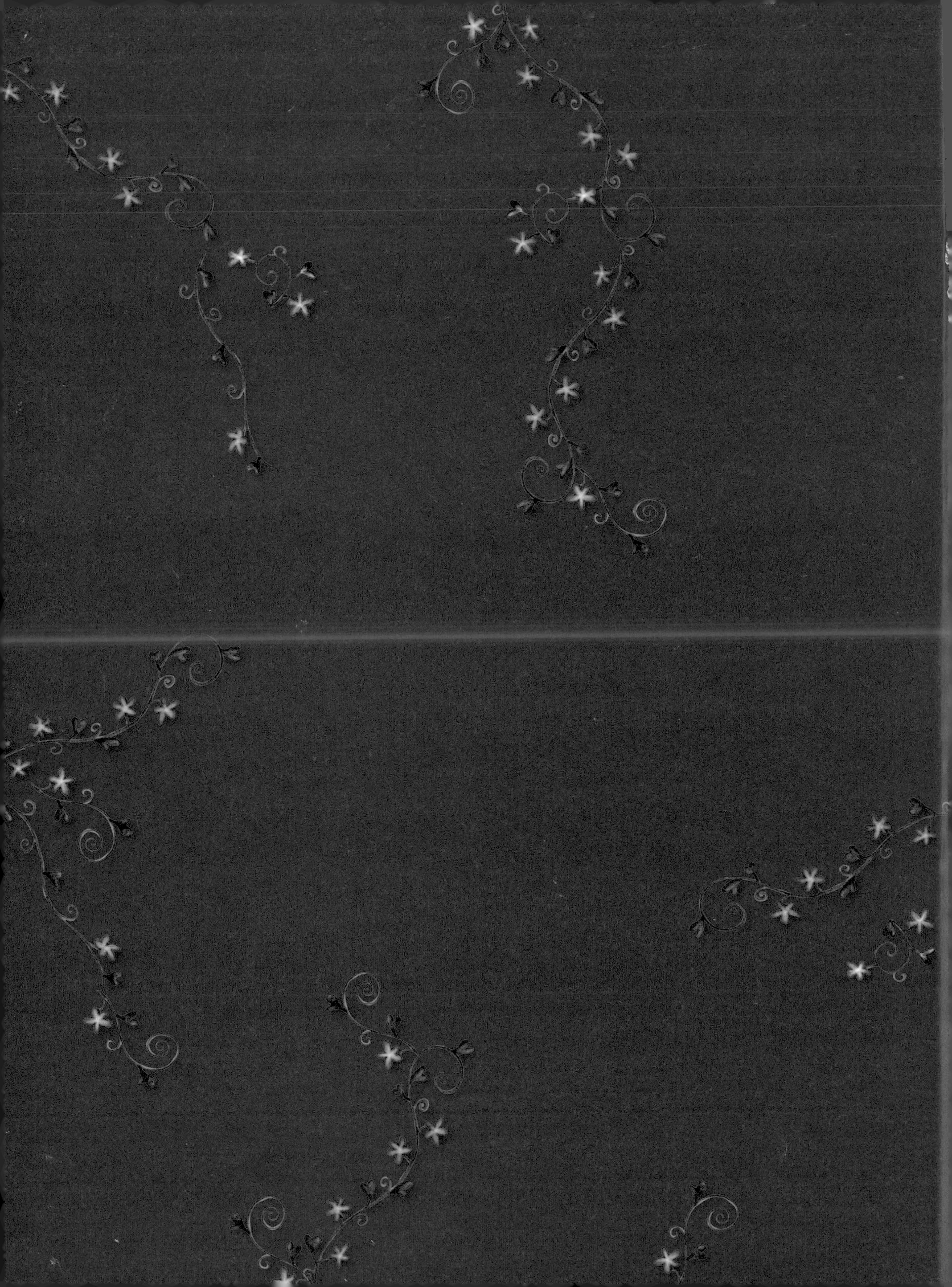